歌集 サイフォンで

黒沼春代

砂子屋書房

＊目次

I　2003〜2007

II　2008〜2010

装本・倉本　修

歌集　サイフォンで

I

2003～2007

うけとめる掌に

公園に八重の桜があふれ咲く鞦韆をこぐ花びらが翔ぶ

つまだちて桜花びらが動きだすロリロリとああ風の言うまま

白花の散り敷くあたり目じるしに寄りて見上げるえごの白花

言葉ひとつころがしつつ行く林の中待ちいしごときえごに会いたり

傘さして行く六月の木下闇そこだけ白くえごの花ある

きりもなくこぼれて落つるえごの花うけとめる掌に小さくはずむ

小さき鳥びっしりさわぎ電線より見下ろされたり今朝のわたくし

あれはたしか夢の中なる義母《はは》の声わたくしをよぶははの声なる

人工透析終るころあいにたどりつきははの異変を知らされたりき
すがやかな面にて息を止めたるをそれが死だとは信じがたくて

屈託もなく

『智恵子抄』に封じこめたるシクラメンのおし花一枚一枚を剝ぐ

おし花を見つけしページ〈ほんとの空〉チチと小虫の消えてゆきたり

ひとり旅読まねばならぬ一冊をリュックの中にしのばせてある

沼添いの道すれすれまで水がきて屈託もなく雨が降るなり

二日だけ家を空けたるだけのこと沼の端っこに吾《あ》を立たすため

熱に臥し四日目の朝くるい咲きの山茶花が二個ほどけていたり

なかなかに平熱にもどらぬ頭《ず》の中をけろろけろろと水の流れる

このまんま終着駅のなきような芯熱とれぬ身をもてあます

二短調にて

たなばたの夜をえらびて逝くなんて義母《はは》の本音をみた心地する

おくやみの言葉にそえて届きたる義母七七日忌の白い花束

百合の花開きかければ摘む雄しべ抑揚のない供華の白花

ことあるごと義母に手向ける線香にわれはひそかに癒されており

「月の沙漠」ニ短調にて弾くピアノらくだの足音聞えてきます

ハーブ・ティー作らんと下りゆく夜の厨今年の甘藷にもう芽が出てる

朝々に般若心経唱うなり義母が身近にいる思いして

日がかくれ黒い塊《マッス》となる榛名《はるな》山　気狂《ふ》れたように空燃えている

湖に游ぐ夕焼け魚《うお》ねかせ山を沈めてふいと消えゆく

銀《しろがね》のブローチのくすみ磨きつつ逡巡しているのはきっとわたくし

その日が

横なぐりの雪ふる中をゆく電車窓外に長く疎林がつづく

母へむかうわれに霙が降りかかるその日が来たと反芻しつつ

反応のなき母の手を両の掌につつみて今際《いまわ》をともにたゆたう

常の日にともに歌いし鉄道唱歌この世いでゆく母にうたえる

鉄道唱歌うたいおわりてわが母は空のあちらの人となりたり

しつけ糸とらざるままの鮫小紋そろいのバッグも母の柩に

薬草を三十分がほど煎じたり妣《はは》につながる匂いと思う

戸を繰りて朝の寒気をとりこめばなぜにともなく祈り湧きくる

東の空に白き満月張りつけりほわりと風に飛ばされそうな

長き首さらにのばして白鳥がたぶん視ている北国の翳《かげ》

ひいやりとわが内にある塊《かい》ひとつ白鳥を観る旅に持ちゆく

雪原に点在するは白き鳥きさらぎ会津を車で走る

聴耳頭巾

ツピツピと朝を啼いてる春の鳥どこにも母はもういないのだ

さみしさが胃壁にへばりついている萎みはじめた烏瓜の花

かくれんぼかくれた垣に俵茱萸《たわらぐみ》わが少女期のふるさとの味

吹きぬける風と思いて見ていしが若葉にふくらむ木々をくすぐる

鴉五羽電線の上にけたたまし「聴耳頭巾《ききみみずきん》」をかぶりて聞かな

森のみどり揺らしつづけていし風がふいとわたしの横すりぬける

寂しさが徐々にかたちを成してきて白き月より黄色に変わる

立入禁止

干涸びそうな暑さの中を走り来て川原湯に身をふやかしている

こん旅のナビゲーターはわたしにて鬼押し出しも立ち寄りてみる

合歓の大樹花かかげいる蕎麦どころ水車を廻す水のつめたさ

〈山は呼ぶ〉神保光太郎の書がありて思わず正座写真に納む

すでに陽は墜ちかかりたり一条の雲ひきつれて機影が光る

トーン下げて友の会話に合わせゆくこれより先は立入禁止

義母の好きな百日紅のある友の庭乞うてもらいし新盆の花

無花果は実のなる木です白き汁は疣がとれると言われています

うたたねの耳に

宿までの道のり合歓をもとめつつのぼり着きたる鹿沢《かざわ》温泉

これより上は小楢の木むれ瀬音して緑の中に客われらのみ

山ぶどう　木虎杖《またたび》　虎杖　山れんげ揚げものにして秘湯の宿屋

雪山に閉じこめられて生《あ》れし歌「雪山讃歌」発祥の宿

作詞者は西堀榮三郎なりという「雪山讃歌」湯槽に歌う

水の音廊下にあふれ床がなる濃縮されたなつかしさである

樵林にななめに朝日射しこめば裏山の木々全員起立す

ふるさとの垣に垂れいし俵グミ記憶の中に揺れているなり

じゃあじゃあと言い訳めいて啼く鴉うたたねの耳にくり返し聞く

百日紅からろに散るを好きといいし義母の命日七月七日

桃色濃き小花びっしりたゆたえる百日紅義母よ見えていますか

自転車が通過するときほんわりと道の小花をまきちらすなり

いかなる思い抱《いだ》きているか木通《あけび》の実ツプツプと歌語りつづける

雲のむこうにうすき光を放ちつつ仲秋の月昇りてゆけり

そんなにうすっぺらになっていいのだろうか雲に透けてる十五夜の月

背もたれに頭を預け右ひだり回転椅子に歌つむぎおり

リセットの三十一文字ぎこちなくあけがたの夢に蛇が笑える

うす紅の百合の花束二個とどき優柔不断なわれの背を押す

文字大き義母の形見の腕時計一年を経て身になじむなり

せせらぎの声はねのけて鳥の声橅の林に包まれて啼く

思い

幼な日に食べし茅花の食感を忘れしという子に語りやる

茅花ぬきてピーピーコとせし草笛の細き音する思い出おぼろ

思い出の中に生きいる酸模《すかんぽ》がこんなところに細くゆれてる

台風一過夜の天窓よりひかり入《い》る晶晶として悟る心地す

雪多き今年の越後を想うかな言葉にはせぬ思いも多く

猩々木

火鉢の暖ではかなわぬ寒さ猩々木そこだけやけにあたたかきかな

北国の翳をまといて白き鳥いつもの湖《うみ》へ戻りてきたり

大まかに空にのびいし無患子《むくろじ》の枝おとされて愛想もなけれ

今日こそは！　気負って乗りし中央本線昼ごろ甲斐に雪降るという

裸木に積りし雪のある山が烟りて見ゆる初狩あたり

いささかの思い出の断片《かけら》拾いいる小淵沢駅ホームのそばや

一区切りついた重さを感じつつ耳順を過ぎしわが誕生日

草ひきながら

枝につるしし植木鉢におく残飯を啄む鳥あり小さき鳥なり

桜紅葉てんてんと残る細枝に一羽の鳥きて一羽を呼べり

ああでもないこうでもないというように番の鶺が枝を行き交う

耳鳴りが退いている朝《あした》には草ひきながら聞く春の風

とろろろろ十三絃の流し爪飢えたる胸に沁みてゆくなり

夏まつりにすくい来し金魚も棲まわせて水槽にいま睡蓮の咲く

ジャッジャッと砂利道ふむごとき音のしてコピー機がだす新住所録

おさなにはちと高すぎるぶらんこにせがまれるまま座らせてみる

もりもりと緑もりあげ森となす散策の森に水木の多し

寸たらずな言の葉置きて来し集いいよいよ雨が降りだしそうな

飲めぬなら口だけつけよとそそがれて叔母の葬儀の献杯の盃

袋　茸

電線にみじろがぬまま鵯《ひよ》の群れ鳥には鳥の掟あるべし

庭木に挿すリンゴついばむ鳥も来ずいかな風説流れているや

甘党の人の見舞に持たせやる長榮堂の富貴豆少々

発酵の足らぬ言葉をかきまぜて反応をまつ三十一文字

顔半分マスクに隠して来し海に慣いのように石を拾えり

なにも持たぬことを覚《さと》れば孤の心詰めこんでおく袋茸欲し

脳みそと声帯とに距離がありしゃべっているのはわたくしの口

杳き日におきわすれきし雪が降り関東の上空マイナス36度

切り捨てゴメンと超大型の寒気団明日また関東を襲うという

「隗より始めよ」いいだしっぺは誰れならむうゐのおくやまさびさびとせり

木瓜の木

上枝《ほつえ》から順におりきて餌置きに止まりてぷいと逃げゆく雀

繕っても透かして見えるこだわりをひとつ実らせ木瓜の木が立つ

石畳の隙間によぼと野のすみれふんばり足らぬというては酷なり

加齢という言葉で片付けられし耳午前三時の秒針の音

これからはおん身たいせつ生命保険満期終了　さてこれからだ

伐りつめて引きぬくはずの木瓜の木に若葉がどっと噴きでておりぬ

ペンタゴンの瓶

おもねらないとたれがいいしか葉隠れに大きくなりすぎたるズッキーニ

ずでんと見事にしりもちついてるズッキーニ存分に世を生き抜く気配

梅雨明けの一陣の風押し入りて投網のごとくかぶさってくる

怠慢な日々のつけなりのぞきたる鏡の中のばんびろな顔

しかと網戸つかみて一匹あぶら蟬有無をいわせぬその夏の声

本棚の本の処分をはじめし夫なにやら不思議な緊張感あり

鉛筆をけずる行為の愛しさよしゅるしゅると時をめくるがごとし

蜩が遠慮がちに啼く朝の四時寝返りし人のいびきが大き

ちゅぴっと一声とびたつ小鳥この道はハクビシンいる林のわき道

ペンタゴンの瓶に活けられ白菊の一茎一花のこの清《すが》やかさ

雷雨去りてつかの間うすき夕焼けに蝉が一匹弱き声あぐ

般若心経

封じ込めしものの語りを聞くような母の回忌の般若心経

六月の木の夏みかん親ばなれ子ばなれせぬと思わぬでもなし

やんだやだと今朝は聞こえる鴉の声夏風邪に臥せればことさら大き

八月の暑熱こんがらがって脳髄にからまったまま菊月に入る

この後《のち》も共にたずさえゆく覚悟考妣《こうひ》より長く暮らせる人と

少子化対策要因の一わが家にも嫁《か》さぬ娘のいて気にかかるなり

般若心経旦暮に唱えいし妣《はは》の声に制御されたる杳き日のわたし

今にして妣の無常を思いやる朝夕聞きし般若心経

思わせぶりの

モノクロの世界へ入《い》りこむここちして小仏隧道くぐれば故郷

たるみたる電線にいるヤマガラス降りみ降らずみ朝からひとり

今宵はワインと夫がとりだすベネチアグラス沈没しかかる夕日が大き

上へ上へとのびるほかない林の木寒の風にも靡くことなく

むかし人は鳥だったという話、冬の空かける風から聞きぬ

〈空が恋しい〉歌のフレーズくり返し鳥になりたいような寒の日

五年咲かぬシンビジウムが花をもち思わせぶりの新年である

髪の色すこし明るく染めあげてよそゆき仕上げのわたくしが行く

いずこより

一夜さをうつつに聴きし雨音の閑かになりて朝がきている

カーテンを透けて入りくる日の中で朝を寝てますいいではないか

鳥の持ちきし実生の榊年古りて毎月朔日神棚に奉る

抹茶一服まいらせている胃のふるえ友の訃報に治まらぬなり

『サイネリア考』読む耳に聴くうぐいすの春の一声それきり啼かず

いずこより吹き入る風かさびさびと裳裾ゆらして居続けるなり

小競り合う小鳥の声がまるまって落ち行く気配四月朔日

固定されたる

木々のみどり深くなりいし林には固定されたるベンチがひとつ

六月の林のベンチ屈託を持ちきて座るうつむかぬため

栗の木も柿、梅の木も伐られたり隣家との境界桜がふとる

海ぶどうむぎゅむぎゅと口に不確かな南の海の香を運び来ぬ

石垣島の海の色かもうすみどり海ぶどうという到来物は

初物は東に向いて笑うべしたわいないのに心が緩ぶ

砂利敷きし庭の一隅茗荷の子疵だらけにて顔だすけなげ

鴉より逃げきし蟬は夫婦《めおと》かな今朝のベランダふたつころがる

アボカドの核の確かさ闇脱けてすっくと茎芽空に伸びたつ

早朝をきて啼く鳥もかなしいよつぅーぴつぅーぴとたれを探せる

車椅子の母と見にきし合歓の花いちども見ずにこの夏終わる

菩提寺に向かう道筋てんてんと白鷺をおき穭田《ひつじ》つづく

菩提寺は佐倉鏑木重願寺佐倉城跡見える位置なり

生き方の批正ならずばなぜ短歌応えられずに落ちこむばかり

視界より消えしこよいの望の月結句七文字まだ満たされぬ

ふり仰ぐ空を祓いてみどり濃し抜歯のあとが少々疼く

Ⅱ

2008〜2010

無花果

不規則に心音するに気づきたり人間商売そろそろ終盤

係累の少なくなりしをさびしめる無花果ぽてぽて実の熟したり

コンコースせぐくまりくるあれは姉人込みの中つと手をあげて

酷暑すぎれば嘘のようにて夜涼し累々と実をむすぶ無花果

地しばりの花の押し花気病みする友へ見舞いの葉書に貼りぬ

太き欅太き切り株となりたれど叛旗かかげて若芽萌えたつ

一語もらししうかつの行為無花果のつぶつぶ愛でてひとり食みいる

雲の群脱けて昇りし望の月それから高くたかくに貼りつく

空き地よりすすき五本を採りてきてにわか作りの十五夜の卓

朝を啼く鴉のだみ声老い人を持たねば一声返事をかえす

無理無体おしこんでいる無花果のこのかなしみを食べてしまえり

月の沙漠

火吹き竹吹けば一点火の色のみるみる力みて濃くなりはじむ

枯れ色の空地にそれより濃き色の土鳩降りきてなにか食みいる

一念をもちて歩いている風情月の沙漠のひとこぶラクダ

御宿の浜に立ちいる女男《めお》の像ラクダに乗りて二人の沙漠

ラクダの背にのりたる女男の黙《もだ》深く月の沙漠をどこまでゆくか

かつて砂に埋《うず》めてしまいし愛ありてひとりたずねる白き砂浜

「月の沙漠」生まれし浜にうちよせる浪はいまでも往ったり来たり

あてのない旅といえるはうるわしく雨の白すな沓にしみいる

こころねのわろき蛇《くちなわ》かみさまの采配ありて口べたとなる

気負わずに

夏ごとに蜩の声に膨らみいし林がひとつ無造作に消えた

小綬鶏の声に誘われ分け入れば破れ傘あまたつったっていて

エゴの木をはじめて見たのはこの林沈黙もまた自己主張なり

蕗のとうことさら細かに刻みおり郷愁という苦みにじみて

林より採りきて植えしホウチャク草ふるさとの家はたれが住みいる

砂の山作り続けているような歌集のなかの永井陽子よ

朝の庭あちらこちらに芹を摘み汁の実とする幸をもつかな

あゝこんなところに気負わずに地固めをする地しばりの花

羽化

見馴れたはずの景色がやけに鮮しい心区切りて出できし朝は

福耳にしずくのような黒き石揺らしてみたり人待つあいだ

父の日のカサブランカは匂いたちほよよほよよと風が透きゆく

はなし上手は虚言も時に混ぜるなり杪頭《びょうとう》にそよぐ文月の若葉

焼夷弾たえ間なく降る空美しき吾の三歳の記憶の中に

「空襲警報発令」メガホン口に影絵の人が右から左へ

耳目おさえていれば安全と聞かされぬ防空壕の奥に屈まり

胃の中に埋没している感覚を心の在処《ありど》と思う時あり

饒舌すぎる封書ひとつを投函す糊代分の悔を残して

虚往実帰おまじないのごと反芻す揚羽の羽化がはじまるらしき

夢のゆくすえ

パーティの騒めきの中のエアポケット今日のわたしはそこから出られぬ

ゆっさりと枝をゆらして黒き影消えたる先の樟の暗闇

がぎぐげご濁点とってかきくけこ若き日の吾はそんな感じか

非通知の表示のこして切れし電話闇をかかえる魂《こん》かもしれぬ

もしという仮定のうえで成り立ちし夢のゆくすえ目覚めて寒し

人という字に連なりて鳥がゆく露天風呂より見あげる空に

二ン月が終りそうだよからし菜が這いつくばって土手にあったよ

待避所にチェーンつける間見おろせる楡の木の間の丸沼の景

利根運河

話さざる聞かざる猿を二匹飼い利根運河まで二人で歩く

一本ではまことたよりない花の群れて一徹じしばりの花

斜交いの座席に座りし面長が考える人となりてしまいぬ

木更津から各駅停車の千葉行きに三十一音拾いつつゆく

父母《ちちはは》の墓に行くだけふるさとは遠くなりたり相州の湖《うみ》

素直さの欠けたるゆえか近頃は涙を流すことの少なし

生きものはあたたかいよロンパリのしろい仔猫の写真が届く

食べる実はもうなけれども南天に小さき鳥の通いくる庭

十二月やっと気づきましたとばかり庭のもみじが赤く変身

降れば雪という気配埋み火を掘りおこしてまた炭を継ぎたす

火鉢の暖に微睡みている昼さがり着ぶくれた三毛が庭をよこぎる

わたくしの無聊をなだめくるるごと今日はひねもす雪がちらつく

不可能という語持たぬと思いつつ若き日は君に従きてゆきしよ

水運を掲げし日々は遠くなり水鳥遊ばす利根の運河は

やぶ椿の白は珍しそこからは話が合いて共に歩みぬ

ゆるやかなカーブをもちて流れゆく十八階から見る春の江戸川

行く夏

頭の中を旋回している〈浜千鳥〉たれをさがしてうたいつづける

楝の花が咲きました電話のむこう薄紫の声

昨日電話で約した豌豆生きている証に送ると受話器のむこう

ファラオの墓よりいできしといういうえんどうまめ語りに酔いしよ初みみの耳

塞《さい》の神が守りてくれし旅の途《みち》未使用の脳がある気がする

豆乳の中にしずまる葛きりを不定愁訴とともに飲みこむ

夕鴉ぐわっぐわっと病む家の庭にて啼きてそれきり啼かず

したたかにテーブルに脚うちつけてみるみる不機嫌となる薬指

嘴《はし》あけて笑っているのか電線に身体ゆらして一羽のカラス

大鴉わさっと一羽電線に降りきて止まるその存在感

縁先に行く夏を聞くひぐらしの点綴の声独唱となる

碗洗う音もの刻む音となりの厨は夏の陣なり

心よわり

心よわりを悟られぬよう〈月の沙漠〉ハミングしつつ入院仕度

菩提樹の腕輪を君にもらいたるお守りがわりにつけてゆくなり

依怙地さが魚の目になり二つほど主張はじめたわが足の裏

回転軸きしませせる音ふとやんで入院仕度の手がとまるなり

今生の別れにあらず定家かずら咲けるあしたを鴨川に行く

入院の枕辺におく『智恵子抄』〈レモン哀歌〉がにじんできたり

無機質な室にこもれば無防備に置きさきし日記気にかかるなり

カーテンを透かしてみえる安房の空房州の風海鳴りの音

外海よりころがるように走り来るくだけてくだけて海が寄りくる

命には別状はなしと言いとじて夫の付き添い少したのしげ

世情オンチの妻に説きくるる折々に忍耐強くなりたるおとこ

太陽に蝟集されしか朝の雲窓の枠よりきえてしまえり

幸いをひとつ念じて届きたり五ツ葉のクローバー押し葉のはがき

心臓の下半分がちぢこまりさみしいさみしいと聞こえてくるよ

「人生わずか五十年」着物縫いつつ唄いいし裁ち板のまえ在りし日の母

すすき、葦、さわあららぎの揺らぐ野に少し疲れし予後の身をおく

手作りの泥の感覚ある瓶にすすき、さわあららぎ投入れにする

カリン五個無造作に袋に押し込まれ歪んだままに芳香放つ

落葉おく父母の墓石の冷たさよ秋のたにまに嵌《はま》りしような

昨日の寒さ急にほどけて今日ぬくし秋陽《あきつぴ》のなか栗飯を炊く

隼人瓜寝ぼけ眼で這い上がり深まる秋にやっと実をもつ

度々に失せて困らす老眼鏡ひと日はずさず本を読み継ぐ

利根運河帰りそこねの一羽いて灰色の寒さ纏いて白し

枯葉

発条《ぜんまい》仕掛けの鼠のごとく屋根のうえ枯葉一枚つつつつつつつ

大寒の土手にやわらに見えたるはからし菜かしらからし菜である

からし菜は春に摘むもの大寒の江戸川堤からし菜を摘む

つつがなく一日過ぎたと思いつつ大雪の庭に柚子の実をもぐ

七日後がたべごろというラ・フランスのメタボふたつを仏前に供う

ひとり暮らしを危ぶまれいて子供らに施設に送られし近隣の老い

となり家の屋根になにやら動きいる枯葉とわかるまでの集注

眼聴耳視

強力な寒気団南下のきざしにて北は大雪　肩が凝りだす

下の道から見えているらし机《き》の前のわたし見上げて人通りゆく

箸置きは九谷のなすび新婚の旅の記念にもとめきしもの

眼で聴いて耳で視よと言われたり一月旦暮反芻してる

湿り泣くように車が通りゆく積りはじめし雪の夜道を

今日の雪は積りそうだと出先からケータイメール夫がよこす

ふろふき大根はいふはいふと食《は》む雪の日は部厚き歌集ひらきたるまま

眼聴耳視《げんちょうじし》わかるようでも解らぬとにれかみている一月のうた

ひと足早く

家並みの間《あわい》の空の半月に向って歩く家路いそぎて

枯葦の群れ立つ沼辺の遊歩道ひと足早く柳が芽吹く

白き襤褸ぬぎすててあると目をやれば枯葦のなか鵠のねむる

この音はあっ小啄木鳥《こげら》なり桜木の幹を走りて上枝《ほつえ》にとまる

丸鋸を使ったような剪り具合アボカドの葉の縁取りおかし

どの葉にもぐるり半円切りぬきしはたれの為業かアボカドに問う

都わすれ抜きさしならぬところにてむらさきひと群いろ深く咲く

一面の菜の花菜の花かぎりなく海まで続くか堤を歩く

頭から足の先までぞっくりと黄色になって堤を歩く

三十キロ歩けば海に着くという標識のたつところで三時

菜の花のかおりがするね友の歩の浮きたちている江戸川堤

花盗人

ねむの葉を眠らせている合歓の花高みにけむり夜夜うた唄う

目印の合歓の館にねむ咲いて花盗人《はなぬすびと》になってしまえり

掌にうちて山椒の葉をかおらせる姑に習いし筍ごはん

梅の実のまろぶいつもの散歩道大き実選りて拾って帰る

林のベンチうつむいている青年の吾子に似ておれば引き返しみる

この道に線路がありてトロッコが水を運びていたる時あり

陣馬橋の下をくぐってつきあたり線路の終点専売公社

残されし枕木をとびとび駅へ行きしジャンケンポンでぬきつぬかれつ

廃線の道にいぬふぐり咲き乱れトロッコは話の中に消えのこるかな

Ⅲ

2011～2013

赤い月

木香薔薇のアーチをくぐって歩みくる白猫どこか威厳をもちて

旧盆の祭ばやしの音のして公園の中に子ら吸われゆく

もう半ば茹だっている頭《ず》をもてあまし急遽出向いた鳴子温泉

右に見て左にも見て合歓の花束北道にせわしく咲けり

昼の暑さ集めたような赤い月ぐずらぐずらと昇りゆくなり

なにげない歌と読みきし小池光知識の厚みとふと気づきたり

穂紫蘇とともに我が家に届きし蟻いっぴき包みほどけば思案のようす

公園の桜木に蟬が結集しお祭り騒ぎをはじめているよ

さるすべり姑《はは》の好みし花なればひと枝乞うて仏前に差す

生田春月ほれぼれ読みし若き日に行きつもどりつ葡萄を食める

なにごともなし

地球の地軸ずれたるらしくわたくしの先行きややにぶれはじめたり

銀杏のうす皮とるべく湯に放ち穴あきお玉でこそげる快感

金星の軌道外れし「あかつき」の銀河を渡るこれからの六年

自家製です友の走り書き添えられて玄関先に甘藷が二本

ゆりかごのごとき三日月に寄りそえる宵の明星　なにごともなし

桂浜の砂のくぼみに拾いきし容《すがた》たがえる五つの小石

夕焼けの空に見つけし黒き富士せつないほどに遠くに立ちて

箍がゆるんで

南天のまだらにつきし実の熟れてひょろりと高し庭の境目

ダンス靴下駄箱の隅に置かれいて夫のステップ見たることなし

プランターに餌《え》を欲る一羽ひよどりの声すきとおり春くる気配

かなしみの折々に来る江戸川堤背のびせねば読めぬ本たずさえて

いつか咲くと信じて植えしエゴの木の春、夏、秋、冬四年目となる

林には裸木ばかりおくまったベンチに掛けて風を視ている

花びらを多《さわ》にちらして辛夷の木そんな高みに生きていたのか

諏訪峡をひとめぐりする雪曇り人に疲れし胃袋もちて

諏訪峡の歌碑読みついでひと休み谷川岳の雪がまぶしい

雪冠る谷川岳の登り口ロープウエーに幾人かゆく

この山の向うは越後『雪国』にまた会いたくてトンネル抜ける

箍《たが》がゆるんで零れし言葉岩にぶつかりつつ利根川がゆく

思いがけぬ

毎朝の卵かけご飯飽きもせずよき妻などと言えるかどうか

プランターにそら豆二本植えました今年もこりずに虫に馳走す

たったひとつ小さき実もちし本柚子が徒長枝として伐られてしまう

思いがけぬ極暑の間《あい》の涼風が五臓をなぜて六腑にしみる

足裏のしんと冷たい梅雨寒に足指でするグー・チョキ・パー

放射能値のたかき流山どくだみ抜かず風呂にも入《い》れず

「歌会に行って膨らんで帰る」そうありたいと歌会にのぞむ

川幅を河川敷まで広げたり大雨警報解除の江戸川

コーテングほどこされたるごとつややかに茶色の水が江戸川をゆく

ふいに思えり

馬鈴薯のほんの小さきが発芽して起立きりつと箱に伸びたつ

「カルメン」の歌劇の余韻のこる耳遠くなりたり若かりし日は

「さびしさはかたちをなさず」と詠いし人ふいに思えり　合歓が咲いてる

北極にオゾンホールが生《あ》れしこと想定外らし地球寒々

徐々にじょじょにオゾンホールのふくらむを知りてよりみあぐ夜の天空

間をぬけて

「今日より明日はもっといい日」きみが言えばそう信じたい心寒い日

庭にひらくうす紫の冬薔薇《そうび》一本切りてみやげとなせり

山型に三つならんで雨雲の約束ごとのあるらしく浮く

アロエベラ溢泌《いっぴつ》あれば哀しくて食べられぬという息子の妻は

留守電に閉じ込めておく娘《こ》の声をさみしき日にはこっそりと聴く

〈ちょっとそこまで〉走り書きして薬局へさっきの大福おさまりわるし

早暁の空に真白き富士見えて拾いものした気分にひたる

ゆったりと望月昇りゆくが見ゆ家と家との間《あわい》をぬけて

犬吠の海

江畑美術館の大き玻璃より目をやりて遠くたしかむ犬吠の海

不可思議な硬さを指に感じつつ赤い蘇鉄の実をちぎりたり

樟の木の根方はキャベツの捨てどころ高台より見て見ながら歩く

外葉残してキャベツを穫りたる畑続く走行中のバスより見れば

防風林のむこうに風車回りいて三本羽が近々と見ゆ

屛風ヶ浦の砂に指で書くあいうえお小さなちいさな貝の散らばる

ヤッホーと声して見上ぐ岩の上帽子おさえて友が手をふる

狂った智恵子の遊んだ浜に繋がると思えばうれし犬吠の海

夜の更けて

金星・月・木星と縦線にならぶ宵娘《こ》の生まれ日を祝うごとくに

長いしっぽの蜥蜴が一匹庭に棲む知っているのはおまえとわたし

本土寺はあじさいの寺空色の額紫陽花によびとめられぬ

六月の風、六月の寺、六月の雨に鮮やかあじさいの花

出窓のカーテン開けて出合った丸い月夜空にひとつわたしもひとり

夜の更けて網戸入りくる風のありプーケットからの便りをひらく

毎日が高温注意かき氷あたえて胃袋の温度を下げる

蒲の穂

蒲の穂を十本かかえ夫帰る笑いはじけて迎え入れたり

亡き伯父の手作りの甕に蒲の穂をどさりと活けて忌祭の近し

それほどに思われてもいぬ関わりを思いておれば蒲の穂はぜる

ギター演奏を聴きて出できし公園にあと追うてくる〈夢のトレモロ〉

蒲の穂が穂絮となりてほよほよと昔話のふるさとのよう

蒲の穂絮に包まれたるは神話のうさぎ昔むかしの風が吹くなり

いつかあなたと

裂織《さきおり》のバッグと揃いのベスト着て行く人のあり目がはなせない

身の凍みるような朝です公孫樹の黄ざくざく踏んで娘《こ》が帰りゆく

喪の家に立ち枯れの黄楊あることを往きに目にして還りも気にする

店先に並ぶ初物の市田柿供えてやらん義母の好物

霏々として降り続きいる綿帽子かろく積りて止めどもなくて

ストールに頤まで埋めてゴミ出しにいつものカラスも見かけぬ寒さ

江戸川に会いに来ましたこの土手をいつかあなたとほたほた歩く

できるだけ大きな声で暗誦す「レモン哀歌」に「風にのる智恵子」

さわあららぎエノコロ草も柳蓼も冬の大地に還りゆくなり

戸隠にずいんずいんと冬がくる鬼無里のみちの冬をみたきよ
（戸隠の鬼道・鬼無里の紅葉みちずいんずいんと冬が近づく　斎藤史）

今日をたのみて

〈水上は雪〉天気予報が誘惑すなごりの雪を見に行かぬかと

ペンペン草の中にまじりて実生なる合歓が今年の冬を越したり

右耳と左の耳とで聞いてみる受話器の声の高さが違う

少々疲れましたと言うように添え木あてられ巨木のスダジイ

すこんとバスに眠りこけてる隣人の肩の荷の重さを受けとめかねて

夫婦の樹とおぼしきスダジィ一木は生き過ぎたよと転がる風情

梛の葉をちぎりて手帳に挟みたりこの一葉に今日をたのみて

この夏の

なにげなく通る道筋一軒の門灯の語る　初夏の候です

ぷっくりと房州枇杷の熟れかげんまずは買わねば初夏《はつなつ》の味

耳の奥になにがなにしていつからか半音階の音が狂える

乱暴に脱ぎすててあるサンダルの言い訳めける夕暮れがくる

百日紅はうどんこ病ゆえこの夏の義母への供花は空合いまかせ

ふるさとは相州の湖《うみ》八月一日腹にずしんと花火がひびく

たれか見ている気配に向けば昼顔二輪　河野裕子がたたずむような

取水制限10％という江戸川の機嫌をききに自転車走らす

月見草野萱草咲く土手の際夜来の雨に膨らめる川

六兵衛の渡しのあたりに見えていた中州のみどり消えてしまいぬ

そぼろそぼろの紋様づくし江戸川が意外の速さで流れていたり

大雨の降る前兆の蒸し暑さ雷神虚《そら》を吼えまくりたり

Ⅳ

2014〜2016

百年梅酒

〈百年梅酒〉の炭酸割飲みささくれが泡立ちてくる無月の夜は

かつがつと極暑の午《ひる》をかきまぜて扇風機のかぜ語彙をちらばす

稲妻は遠くに聞こゆ天際をあちらこちらと光らせながら

鴉二羽たわむれて空を翔けゆけりさびしさつのるわれの眼《まなこ》に

焙烙に白ゴマ炒ればつぷつぷつぷと何か言いたげ耳かたむける

たましいの疲れに何を補給するちりめん皺の冬の江戸川

『熱く神話を』息つめながら読み終りしばし疲れる身のおきどころ

木馬の思い

首の上にきちんと頭が載っていないそんな気がするこのごろのわたし

鼻呼吸やってもやはり足らなんだ風邪熱に病み空気がうすい

いかような歴史もつ木かドイツより木馬となりて海渡りきぬ

見てみてとおさなが渾身に漕いでいる碁石のごとき木馬の眼《まなこ》

たれかいま載せてるような気配あり窓辺の木馬かすかに揺れて

木馬の背にシクラメンの鉢おかれいていつ飛びたつか飛翔のかたち

話にきく夫婦《めおと》のモッコク人群れて立て札読んだり写真撮ったり

どんみりと弥生の丘に見渡せば印旛沼の面《も》ゆたにたゆたに

たどりきてまだ枯れ色の城の跡たちつぼすみれ一輪見つく

もしかして木馬に思いがあるのなら〈空飛ぶ木馬〉夢見ていよう

心の皺

つば広の帽子かぶりて行く先は葉桜となりし三角公園

桜樹の下に陣どる包丁とぎ日暮れまでいて客足のなし

ぶあつき封書ポストに入れて帰りきぬ合歓咲く道を遠まわりして

七ツ目のトンネルぬけてふるさとに山あり湖《うみ》あり父祖の墓あり

折りたたんだ心の皺がのびる音ぷちりぷちりと音がきこえる

関わりの無きことよろしと鳴く蜩今朝は遠くに森が鳴いてる

不意にして秋がまじりているような夜風入りきて残暑お見舞

岩群青の夜明けの空が白みゆくどこかに転送したきよ　こころ

モミジ

人間ならば満身創痍ぼろぼろとさわればば崩れるモミジの古木

新築の祝にたまわりしモミジの木百歳越えしと言い添えられて

葉の小ささは古木の証拠と教えられ見上げて諾う小さなその葉

頑張りが足らないなんて言わないよぼろぼろくずれる幹に掌をあつ

消防車きて救急車きて介護の車きてわりなき家の今朝のことです

針葉

まばたけば灯《ひ》もまばたきぬ八階よりながむる甲府盆地のあかり

ひとところ縮まっている胃袋のそこより零れる歌のいくつか

もしかしてわたしの耳を通りぬけ零れてしまった言葉のいくつ

双眼鏡で天王星をさがしたり満月が赤銅色になるまでの時間

からまつの枯葉しきりに落ちつづけ明日解体の山荘にいる

姫木平にくることはもうなかろうか泣くごとく降る落葉松の針葉

落葉松の林に立ちてからまつの降る音を聴くふたりの耳で

針葉を零し続けてきりもなしかすかな音してボンネットに積る

神の湖

摩周湖は神の湖、西別川そこより生《あ》れて鮭のふるさと

桜樹はすっからかんと葉を落しいまここに〈在る〉こと顕示する

夕焼けの空に陣取る一番星風が昨日の雪なぜてくる

ホカロンを貼りたる腰のあたりから私はだんだんわたしにかえる

母のいない故郷となりその日より遠くになりしふるさとの空

起きぬけにツーンと足の攣れる日は刃《やいば》のごとき寒さがありぬ

まなこあけたるままに蝮は酒瓶にとぐろをまいてわれを見据える

かなしみに色があるならどんな色、黒い太陽、黄色いカラス

椿の核

子をとろ子とろどの子を子とろ　いつも必死でにげてたわたし

けむってるあの空あたり夏の富士いるはずなんだ　白鷺の舞う

諸手あげてつかまって来るモノレールカーブしながら千葉駅に入る

なんとかレンジャーの面《めん》のようなる種ばかり小瓶に詰めて棚の一角

考《ちち》がきて追うようにして妣《はは》からの封書が届き夢にて覚める

どのようなことが書かれていたものか夢に届きしははのてがみは

ちちははの墓石をなぜるように舞うしじみちょうありたれかきている

繁茂する定家葛をバサリと伐ればさしだすように莢果《さやか》がふたつ

分際を知らぬ椿が鈴なりの実をもてあます若木たわみて

大きさも形もそれぞれ個性的椿の核《さね》を籠につみあぐ

覚えなき電話の声のやさしさにしみじみさみし　烏瓜の朱

十月の柑橘の葉で育ちたる揚羽の幼虫まこと小さく

となり家に越境したがるさざんかの枝伐りそろえ霜月となる

指先が冷える朝です　さむいね！と娘《こ》よりのメール　寒波襲来

林のベンチ

日本水仙ふくよかに束ね友きたるまずは仏前、床の間と活く

こんなにも疲れた日には待っていてくれるはずなりわたしのベンチ

歩いた記憶ばかりのひと日われを待つ林のベンチはたそがれている

みたらし団子買いて急に疲れたりベンチにかけて迎えをたのむ

アララギが大きく丸く刈り込まれ実の成ることを拒みておりぬ

あおぎみる欅の五百枝《いおえ》冬空に線画となりて張りついている

側溝の隙間に根を張るタンポポはひそかに冬をたのしみおらん

西空は雀色時夕やけてお家へかえろとうたっているよ

サイフォンで

枯れ色の狗尾草を十本ほどリボンで束ね春をよぶなり

うすっぺらに積った雪に足跡をこきざみにつけ立春寒波

春の雪靴の足跡ジグザグととなりの家まで回覧板を

入りぼたもち食みて弥生の墓参り彼岸中日わが誕生日
入りぼたもちの明けだんご中の中日やあずきめし

肌寒き国分寺跡に風つよしエントツのけむり白くなびける

百合のつぼみ四個になったと告げし朝なにごともなし　なくてもよいか

大き声ふいにあげてみたかりき　巻きすぎたかも発条《ぜんまい》のねじ

般若心経旅の宿にも書く友のうしろ背に透くような寂しさがある

着ふるした衣のような声あげて田圃の鴉ふいに翔びたつ

ああ今日はサイフォンで淹れて飲みましょう五十年前のコーヒー茶碗で

あとがき

『サイフォンで』は、二〇〇三年から二〇一六年までの歌四百七十五首を、編年順に収めたわたしの第二歌集である。「個性」へ発表した歌も初めの方に少し置いた。

二〇〇三年には、主宰の加藤克巳先生がご高齢になられ「個性」が終刊になる前にと、第一歌集『ゆりかごのうた』を編んだ。いま思えば姉の死、姑、母の看護、介護が重なった時期だった。それに継ぐ本集はふたりの母との別れから始まることになる。その後はたんたんと身めぐりの歌を詠い、わたしも後期高齢者となった。「命」とか「生きる」とかいうことを考える機会が多くなり、短歌という詩型が、わたしの心を潤してくれたその大きさを思う。

所属している「合歓」も昨年七〇号を刊行し、外部からお客様を招いて祝賀会をもつことができた。「合歓の会」の前身である「流山短歌勉強会」発足時からの会員であるわたしとしては、感無量の思いでいる。振り返れば様々なことがあった。いま在ることへの感謝の念をもって第二歌集を上梓することとした。

ああ今日はサイフォンで淹れて飲みましょう五十年前のコーヒー茶碗で

ともすれば落ち込みやすいわたしと五十年付き添ってくれた珈琲好きな夫に、歌集名としたこの歌をおくりたい。

久々湊盈子先生には、詩の世界にしか目を向けていなかったわたしを短歌の世界に誘っていただいた。今回第二歌集を編むにあたり、ためらっているわたしの背を押していただき、温かいご指導も賜った。ありがたいことと深く感謝している。

また折にふれ励まして下さった歌友のみなさま、このうえない力をいただいた「合歓」の友人たち、そして陰ながら見守ってくれた家族にも、ありがとう！を言いたいと思う。

最後になりましたが、お忙しいところ快く栞文をお書きくださいました百々登美子様、山下雅人さま、久々湊盈子先生に厚くお礼申しあげます。ありがとうございました。

第一歌集に続き、今回も砂子屋書房の田村雅之様、装丁の倉本修様に大変お世話になりました。記して厚くお礼申しあげます。

二〇一六年八月一九日

黒沼春代

歌集　サイフォンで

二〇一六年一一月七日初版発行

著　者　黒沼春代
千葉県流山市富士見台一―三―四七（〒二七〇―〇一二七）

発行者　田村雅之

発行所　砂子屋書房
東京都千代田区内神田三―四―七（〒一〇一―〇〇四七）
電話　〇三―三二五六―四七〇八　振替　〇〇一三〇―二―九七六三一
URL　http://www.sunagoya.com

組　版　はあどわあく

印　刷　長野印刷商工株式会社

製　本　渋谷文泉閣